ESCRITO EN CUBA

Cinco Poetas Disidentes

Prólogo: RAMON J. SENDER

BIBLIOTECA
CUBANA
CONTEMPORANEA

SEGUNDA EDICION

© Editorial Playor, 1978
© Angel Cuadra, Ernesto Díaz,
   Heberto Padilla, Miguel Sales
   y Armando Valladares

Depósito Legal: M-20721 - 1979
I. S. B. N.: 84-359-0140-8

Diseño Cubierta: Miguel Cutillas

Biblioteca Cubana Contemporánea

Editorial PLAYOR
Apartado 50.869. Madrid

Printed in Spain
Impreso en España, GAR. Villablino, 54. Fuenlabrada - MADRID.

INDICE

Genio poético y desesperanza, Ramón J. Sender ...   5
Angel Cuadra   11
Ernesto Díaz Rodríguez   29
Heberto Padilla   49
Miguel Sales   75
Armando Valladares   89

GENIO POETICO Y DESESPERANZA

Algún libro mío ha sido publicado en Cuba bajo el régimen de Fidel Castro y me han hecho insinuaciones para que accediera a la publicación de otros, pero entretanto —hace ya más de diez años— me enteré de la represión ignominiosa que sufren los escritores y, naturalmente, no quise dar la impresión de que estaba de acuerdo con lo que allí sucedía. Lo que sucedía entonces como ahora, es que la libertad de pensamiento había sido ruda y estúpidamente suprimida.

Hay menos libertades en Cuba que en Europa durante la Edad Media. Menos que en España bajo la Inquisición. Actualmente hay más de quince mil trabajadores discrepantes presos sin motivo legal y todos los poetas y escritores bastante honestos para no encubrir sus discrepancias. El PEN Club Internacional que preside Vargas Llosa, está empeñado en una campaña mundial para liberar a los escritores encarcelados. Son más de cuarenta países los que tienen poetas y escritores presos.

Los escritores cubanos que figuran en la lista son: Pablo Valerio, Ricardo Castellanos, Angel Cuadra Landrove, Emilio Adolfo Rivera Caro, Carlos Rodríguez Betancourt. Pero no se trata sólo de Cuba. En Rusia hay centenares de escritores encarcelados o condenados a trabajos forzados. No todos tenían un revólver para suicidarse como Maiakowski, ni eran asesinados en el hospital como Gorki, ni tuvieron oportunidad para escapar como Solzenitsin. En Alemania Oriental hay poetas presos. También en la Occidental tenemos a Zaahl, joven poeta de talento, que por cierto ocupa sus forzados ocios traduciendo un libro mío.

Donde no hay poetas presos ahora es en España, al menos que yo sepa, pero andan en pandillas y se dejan pastorear hoy por los estalinoides como ayer por los franquistas.

Uno de ellos me decía en mi último viaje a mi patria:
—Estoy deseando que los tanques rusos entren en Madrid.

Un periodista reprodujo esas palabras en «ABC», pero no diciendo «en Madrid», sino «en los Estados Unidos». Un poco difícil debe ser para un tanque ruso entrar en Estados Unidos a no ser que caiga con un paracaidas en Canadá y le permitan pasar la frontera sobre sus cremalleras. Pero además, el colega a quien estimo a pesar de esa y otras imprudencias mayores, ha olvidado que los tanques rusos entraron ya en Madrid en el otoño de 1936 y que fui yo mismo quien los recibió en la Primera Brigada Mixta de la que era jefe de Estado Mayor. Por cierto que al que mandaba la sección de tanques, comandante Paulov, lo hizo fusilar poco después el fabuloso criminal Stalin.

El mismo que asesinaba a escritores como Tetriakov, Antonov Obseyenko, Isaac Babel, a sus esposas, el mismo que a través de su verdugo mayor Beria sabía lo que hablábamos los escritores visitantes en Moscú, poniendo micrófonos secretos. Sus discípulos siguen haciendo la vida imposible a los antiguos militantes que disienten de la férrea dictadura soviética.

Pero volviendo a los tanques rusos entrando en Madrid, el escritor español que así hablaba y que había sido antes confidente de la policía de Franco, olvidaba que los tanques rusos habían entrado ya, como dije, en Madrid, y que precisamente fueron ellos los que trajeron a Franco. ¿Tal vez es eso lo que mi amigo espera que vuelva a suceder, no consciente, sino como decían los teólogos antiguos, en estado de volición por complacencia?

Hay dos clases de escritores: los que se dejan pastorear por alguna clase de guardia pretoriana y balan a compás —y se agrupan en pandillas— y los otros, los que como todos los de la gran tradición española y europea, afrontaron solos la vida y la muerte, seguros de sus convicciones y sobre todo dispuestos a cualquier sacrificio por amor a la libertad. ¿Qué puede hacer un hombre si se le niega esa libertad? ¿Balar como el resto del rebaño? ¿O sonreír como los «contentísimos» de quienes habla el cubano Padilla?

Pero no son sólo los cubanos. Hay presos políticos y mujeres presas por la misma sinrazón en otros países como Paraguay, Chile. En Rusia, Paraguay, Chile, Brasil, la gente puede decir, como recuerda el poeta cubano Miguel Sales:

> Vivimos en un mundo de minuciosa esfericidad
> retocado con burocrático esmero periodístico
> con obreros sin huelga
> que comen con meridiana simetría.

O Angel Cuadra, cubano también, en los siguientes versos de su magnífico poema «Hora Unica»:

> Nunca como hoy, repito:
> ésta es la hora en que estoy situándome

y no es la hora de la bondad, mentira,
sino de la comprensión exacta,
la hora humana de mi hombre
que se yergue en mi sangre, en mi coraje,
en la campana que arde,
en el día sin fecha sobre el mundo,
en mi llaga de pétalos,
en la música donde seré mañana innominado.

La Cruz Roja Internacional, la ONU, piden en vano informes sobre las mujeres presas en diferentes países, especialmente Suramérica y en Cuba, donde la represión es más cruenta. Parece increíble que en nuestros tiempos muchachas vírgenes sufran en el fondo oscuro de las mazmorras el mismo martirio de sus hermanos poetas, o que tantas esposas compartan en celdas de castigo, separadas, la supuesta culpabilidad de sus maridos discrepantes. Discrepantes zurdos o diestros, es decir, de izquierda o de derecha.

Y todo esto en nuestro siglo y cuando los cadáveres de Stalin y de Franco todavía infectan el aire.

Como decía, hay poetas pastoreados que balan mendigando el condumio, y cuando se han hartado, gritan sus «vivas» y sus «mueras» dirigidos y controlados por alguna clase de burocracia. Y poniendo rimas en sus salterios oportunistas.

Por fortuna, en España, soplan vientos de libertad y, aunque todavía existan y se cultiven los pastoreos en pandilla, no hay necesidad aún de publicar libros como el presente. O al menos no hay poetas pandilleros tan iluminados por Dios ni por el diablo.

Un libro de genuina, personalísima, descubridora y noble poesía donde no hay dos autores iguales de acento (la influencia de Darío se acabó, aunque persiste la del mejor, Martí, ese Martí que en vano Castro quiere ins-

titucionalizar). Si el verso de Martí es «un ciervo herido que busca en el monte amparo», el de estos poetas no halla amparo sino ignominia, en un campo de concentración con Angel Cuadra. O en la cárcel, con Ernesto Díaz Rodríguez (condenado a cuarenta años mortales), o con Heberto Padilla, encarcelado, liberado por las protestas de los escritores y hombres libres del exterior y obligado ahora a vivir en soledad y a traducir libros sobre máquinas —ruedas dentadas, cigüeñales, poleas transmisoras—, del industrialismo esclavista. O con Miguel Sales, sentenciado a veinticinco años de prisión por un buen poema.

Desde 1960 está Armando Valladares preso e incomunicado. Las protestas del exterior no han logrado mejorar su situación en una celda de castigo, sin luz. Hoy está semiparalítico y la subalimentación calculada como en los campos de Hitler, le ha llevado a una situación de invalidez sin esperanza. Todo porque se ha negado a firmar el programa castrista de «rehabilitación». (¿Rehabilitación de qué?)

Pero es inútil seguir glosando este libro que el lector tiene en las manos y que habla por sí mismo mucho mejor que yo.

Confieso que además de la indignación que suscita la injusticia y la barbarie de estos hechos, no sólo en Cuba, sino en Rusia, en Alemania, en muchos países suramericanos y, hasta hace poco en España, no puede uno menos de lamentar que la más original y rica poesía de nuestros días salga de esos lugares de oprobio y miseria. Con los acentos de la más clara y profunda España. La poesía española no es la de los «contentitos» del casi-Franco o casi-Stalin, sino de estos hombres jóvenes que hacen canción de su desesperanza.

Ramón J. Sender

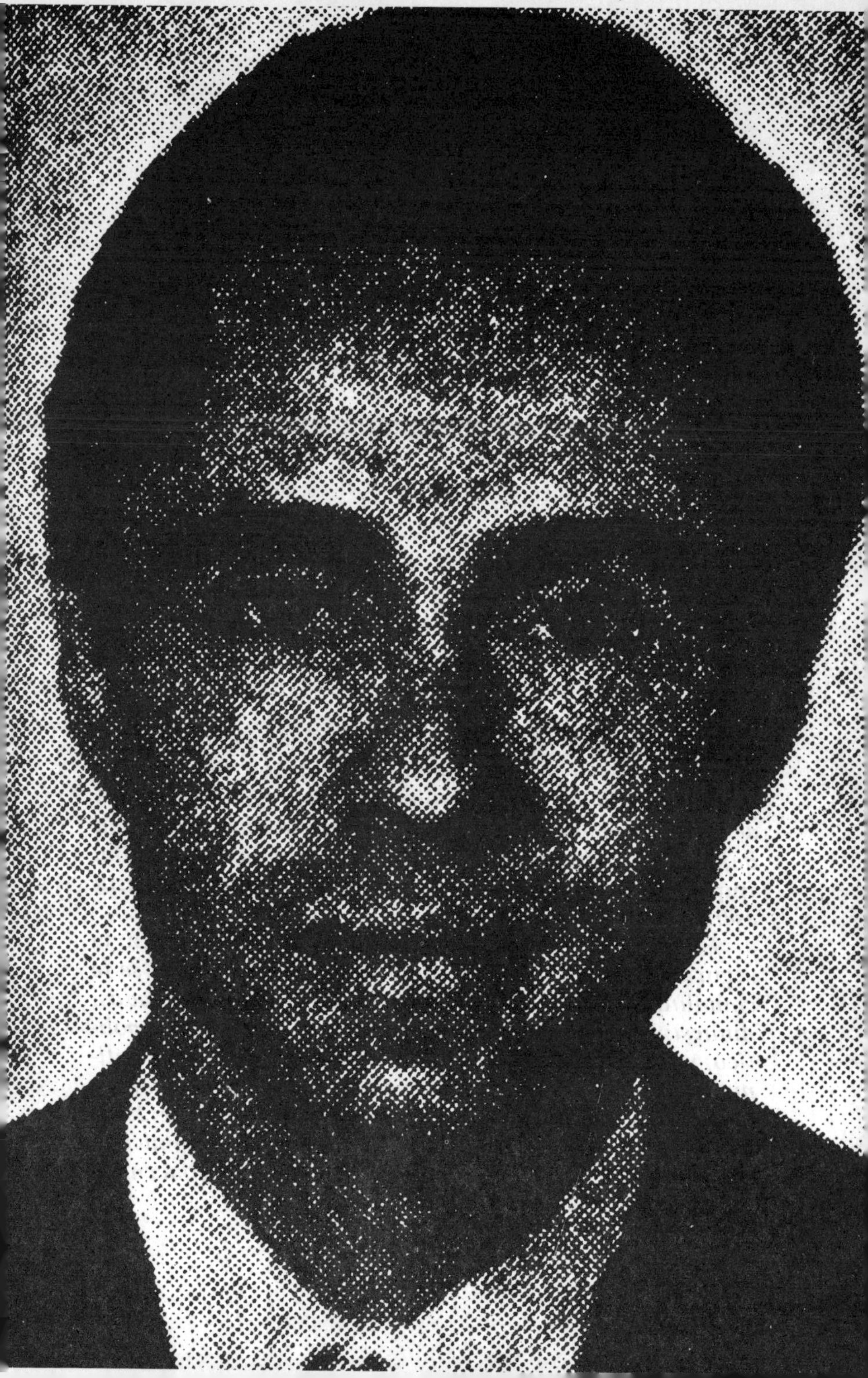

Angel Cuadra, (La Habana, 1931), poeta y abogado, publicó en 1959 su primer poemario, Peldaños. Sus poemas han aparecido en varias antologías, y han sido traducidos al ruso y al alemán. La mayor parte de su obra, unificada bajo el título de Tiempo del Hombre, permanece inédita. Impromptus (Solar, 1977), su último libro publicado está escrito enteramente en prisión.
En 1967 fue detenido acusado de atentar contra la seguridad del Estado. Fue condenado a muerte, pero se le conmutó la sentencia por 20 años de trabajos forzados. Amnesty International lo reconoció como prisionero político, y fue puesto en libertad en diciembre de 1976. Continuó escribiendo y su poesía fue considerada nuevamente subversiva, por lo que fue arrestado en marzo de 1977. Después de ser interrogado y mantenido incomunicado durante tres semanas se le envió a un campo de concentración, donde se encuentra en la actualidad.

IMPROMPTU

A la sombra de los recuerdos
—como la gente dice—
me acomodo y me quedo a veces menos diario,
menos actual, no sé si menos yo.

Esa es la sombra amparo como contra una lluvia
de males que combaten con espurias maneras;
porque los golpes de la realidad
cada día van siendo más tenaces.

¿Qué ocurrirá si un día me despierto sin ayer
y, en mi orfandad de sombra antigua,
llego a ser sólo un punto de miseria transparente?

LA TARDE

Llueve con sol.
Caen sobre la hierba gotas de agua en la luz,
finas como escarcha molida o relente de lluvia,
y parece que fuera a salpicarse en oro
y transparencias rubias el campo circundante.
La campesina que desde aquí miramos
—algunos con lujuria, yo casi siempre con ternura de
                                                      [cuento—
termina sus labores cubriéndose;
es más ligera bajo este rocío crepuscular
que estrena un gesto, acaso una camisa o fiesta
entre una cordial lucha de azules y de grises
disputándose el cielo.
Pace el ganado lentamente.
Y es el ruido del agua o el canto de las aves,
no sé, se me confunden ambas músicas.
Más lejos, como un cerco simbólico,
las montañas,
pequeñas pero tan obstinadas en ser montañas.
Un entrecejo de fijeza
asoma en algún sitio el desconcierto.
Va la vida en voz baja; cristaliza.
Y cruzan peces, árboles ausentes,
otros sonidos, calles que fueron,
horas descendidas como arenas,
gentes, sonrisas, todo lo otro,
pero como fantasmas, como pasos hacia dentro, como no.

De nuevo es el regreso.
El mismo campo y la hierba con cosmético rubio y hú-
[meda,
recibiendo la tarde en su destino.
Es el retorno sin movernos.
Todo esto sucede de asomarse a unas rejas: es la cárcel.
Mientras, viene al pasto el crepúsculo
y un pájaro remoto no acontece.

UN PLANO AUSENTE

Lee esta página,
observa el minuto de historia
tan vívida para tus ojos,
tan entrañablemente como una horma vital
en la que fácilmente te acomoda.
Sabes el diálogo de antemano,
la respuesta previa a la pregunta,
el final del asunto no acabado.
¿En qué plano se sitúan tus hombros,
la línea de tu frente?
¿Hacia qué lado proyecta la sombra de tu alma?
Ha llegado el instante de la duda vertiginosa,
en que no ya espectáculo
sino virtual presencia en el suceso;
ha invadido tu ser un plano ausente.
Porque regresa un temblor conocido,
desde otro tiempo y otras cosas
en donde nos parece que estuvimos.

AQUELLA CALLE

Aquella calle desembocaba en la calzada
con una bienvenida de árboles
que cerraban su sombra contra la luz al fondo.
No indagué su nombre porque
tenía el hechizo de un indudable testimonio
y el signo acogedor de las cosas confidentes.
No bajaba del ómnibus para marchar por ella
porque, sencillamente, podía tomarme
la concesión del tiempo para ir a la cita;
mejor dicho: al reencuentro.
El tiempo cayó a pausas en el tiempo,
y siempre fue la misma imagen,
la misma segura calma en mí, la magia misma:
la certeza de historias cotidianas
de simples hechos de barrio,
rostros sabidos, añoranzas, tardes con memoria
de un acontecido tiempo vital inubicable.
De modo que cuando anduve, al fin,
por las conocidas roturas de su asfalto,
los árboles crecidos, las aceras,
las casas de viejas puertas frecuentadas,
en su atmósfera amiga tuve de pronto el sobresalto
de que antiguos vecinos saldrían
a saludar el regreso.

ES COMO NO PASAR

Es como no pasar,
porque hay en todo un resplandor intacto de fijeza.
Los días y las horas han caído a torrentes
y la premura de vivir que arde como la sed incontrolada.
Nunca soy tanto yo,
ni tan conmigo esa mentira doble de mi sombra,
como en estos instantes fijos que detienen la historia
[en el lente.
Pasar para quedarme ha sido uno y lo mismo.
Ir desprendiendo costras o cortezas,
pero vivas,
como cadáveres de mí dejados atrás
de centinela de mí mismo.
Ellos me cuidan el lugar exacto
en donde fui dejando mis muertes sucesivas.
Acudo a ellos muchas veces
en los recuentos de mi vida.

HAY UN MATIZ

Hay un matiz en ciertos sueños,
un modo especial,
un aliento de fuego idéntico...
No sé del todo, pero vienen esos sueños
con sus imágenes,
sus historias, sin duda distintas
pero con una atmósfera que asocia
un cuento y otros diferentes, y sentimos
que hay algo del primero que persiste en los demás.
Acaso atravesamos por ellos
como por una misma serie vital.
Un ojo mismo lo contempla detectando su marca:
sabe el que pertenece, y lo afilia.
¿Qué incursión nos aguarda hacia la imagen última,
donde tal vez un signo se devele?

HAY MOMENTOS

Y hay momentos de tristes iluminaciones,
en que uno ve su íntima miseria.
La cápsula escondida al entreabrirse
nos muestra, frente a frente,
la imagen de nuestro otro hombre oculto,
pero en gris, en sordinas,
en su verdad de renegable estirpe.
Es muy veloz su paso.
Después resbala hacia el almacenaje
de los olvidos confortables.
Y sonreímos como si la niebla fuera
el escudo útil...
                    (el engaño).

SOLO BASTO

Para todo el dolor que vino después,
bastó haberla descubierto de súbito junto al piano.
En su perfil de transparencia
y barro ejecutado desde un modelo previo.
Para toda la dicha que vino, al fin, también,
tuvo que darse aquel dolor de catástrofe,
y que así la belleza de la perla
desenroscara su misterio
en los vasos de abril de su carne.

Para todo el vacío que en el resumen queda,
bastó que me empujaran
hacia aquel reconocido abismo
manos que ofician en la nada.

TU NOMBRE DESPIDIENDOSE

*(Con la voz de Gregorio Mena,
por Noris despidiéndose)*

Por todos los espacios voy diciendo tu nombre,
tu nombre abierto, intemporal, desnudo.
Cae hasta mí tu nombre como una estalactita
cielo abajo extendida; el cielo nuestro;
por donde se recorta tu figura,
tus hombros de especiales oros,
la orquídea de tu vientre,
tu frente arriba como una paloma de ultramundo,
tu garganta
puesta a cantar entre órganos inmóviles
y tu espalda que un día se hizo de humos
para imponerme el mar, la sal, el yodo
en mis pupilas despidiéndose.
Como sonó tu nombre de cristal irrompible,
de agresivo cristal, de marcha fiera...
cayendo, resbalando, diluyéndose
en el insulto de tu espalda
profanada en la luz de aquella tarde
que aprendí a deletrear la despedida.
Eran ya mucho yo queriéndote
y mucha inmensidad para robarte.
Me combaten relojes, lo comprendo.
Siento la lucha, el crepitar, el golpe
como de olas de azufre,
y tus manos tejiendo
como madejas de aguas tormentosas.

Siento erguirse tus uñas como pétalos
y escarbar en mi pecho, entre ternura y sangre,
una raíz morada,
con óxido de olvidos y de inviernos;
tierra quemante no; quemado hielo.
Yo todo al sur muriendo de esperanza,
de fiebres nuevas, de hambre interrumpida.
Yo contenido en el acantilado
de tu espalda en adiós.
Te vi marcharte y era
toda la primavera de mañana.
Y fui a morder tu nombre, a repetirlo,
a tirarlo contra un cielo en otoño,
contra un rencor de rocas, contra el fuego:
—Resuena nombre, canta...
Y me supo a temblor, a vida, a trigo,
a carne tuya, a fruta prodigiosa;
y me supo a entusiasmo de semillas
que ahora riego por todos los espacios
al viento de los siglos.

EN NOCTURNO

Noche, para qué vienes
a traerme el tiempo de tu agua única
cuando eran míos tu cintura virginal
y tus senos de azogue en ondulaciones milenarias?
¿Qué haces en mi pedazo de derrumbe,
cayéndome además?

HORA UNICA

    Está manchada la distancia
está apretada de humos la tarde;
resbala un agua gris contra las luces últimas,
y no vienen las aves de siempre,
ni esa música abierta que se aposenta sobre el mundo.
    Si fuera a precisar el sitio y el instante exactos en
                                                   [que estoy
diría que en el límite de la hora en fuga;
y que hoy quisiera estar junto a todos los corazones,
y cerca de las manos múltiples que se alzan en el tiempo.
    Que floración callada de agua azul va surgiendo
no de mi pesadumbre, sino de mi contacto.
    Que posesión de unánime motivo arde en mí:
llama fresca, cantera de ópalos suaves.
    Esto que está apretado y que me pesa
va soltando sus hordas de luciérnagas.
    Y amo la excelsitud de la montaña
y la paloma tibia que es inconsciente de su blancura.
    Puedo amar estas cosas taumatúrgicamente
porque desde el dolor caen hiladas de júbilo.
    Nunca como hoy he sido tan ajeno,
tan poco yo viviente.
    Nunca.
    He querido apretarme al seno gris de este crepúsculo
a alma limpia, a vidrio abierto, a sangre.
    Nunca como hoy, repito.

Puedo amar la otra cara, ser valiente,
ser dolorosamente comprensivo,
y ser tan poco yo.
Una campana insólita se alza
sensual y mística.
Porque no desde mi dolor, sino desde el contacto
con la vena escondida
con el origen de esto que está subiendo
desde mi mancha gris,
donde el dolor se siente ajeno al odio, lo proscribe.
De mi caída surge un universo nuevo.
Esta es la hora en que estoy, éste es el sitio.

Me golpeó el enemigo arteramente,
sañudamente, grave,
cuando no tuve el arma, en mi descuido.
Bien: yo he dicho que amaba la montaña sonora y
[eterna
y no puede vencerme el hombre,
el mío, el de mis ingles y mis sueños,
el que lleva mi nombre y mi sonrisa
como un atuendo accidental.

Me llaman y respondo por este nombre
y entre las manos múltiples que se alzan en el tiempo
va dando saltos como un ciervo risueño y libre.
No odio, porque la palabra mañana
está inviolada en mí,
y sé que los héroes de uno y otro bando
van a tener un sitio en esta hora.
Hora única que entiendo como una flecha
simple y segura y resplandeciente.

Me sorprendió el engaño groseramente,
de costado, al amparo de la ternura;

mordió en la lástima de la ilusión
como cuando se escupe sobre un altar.
   Era una mueca antigua, pestilente,
de cavernas y enconos,
de reptiles y baba de blasfemia.
   Bien: hoy he dicho que amaba la paloma
y esto quiere decir que la pureza existe,
inconsciente tal vez de su blancura.
   Yo no reniego del milagro;
proscripto de la aurora, la bendigo.

   Nunca como hoy, repito:
ésta es la hora en que estoy situándome
y no es la hora de la bondad, mentira,
sino de la comprensión exacta,
la hora humana de mi hombre
que se yergue en mi sangre, en mi coraje,
en la campana que arde,
en el día sin fecha sobre el mundo,
en mi llaga de pétalos,
en la música donde seré mañana innominado.

(14-VIII-70)

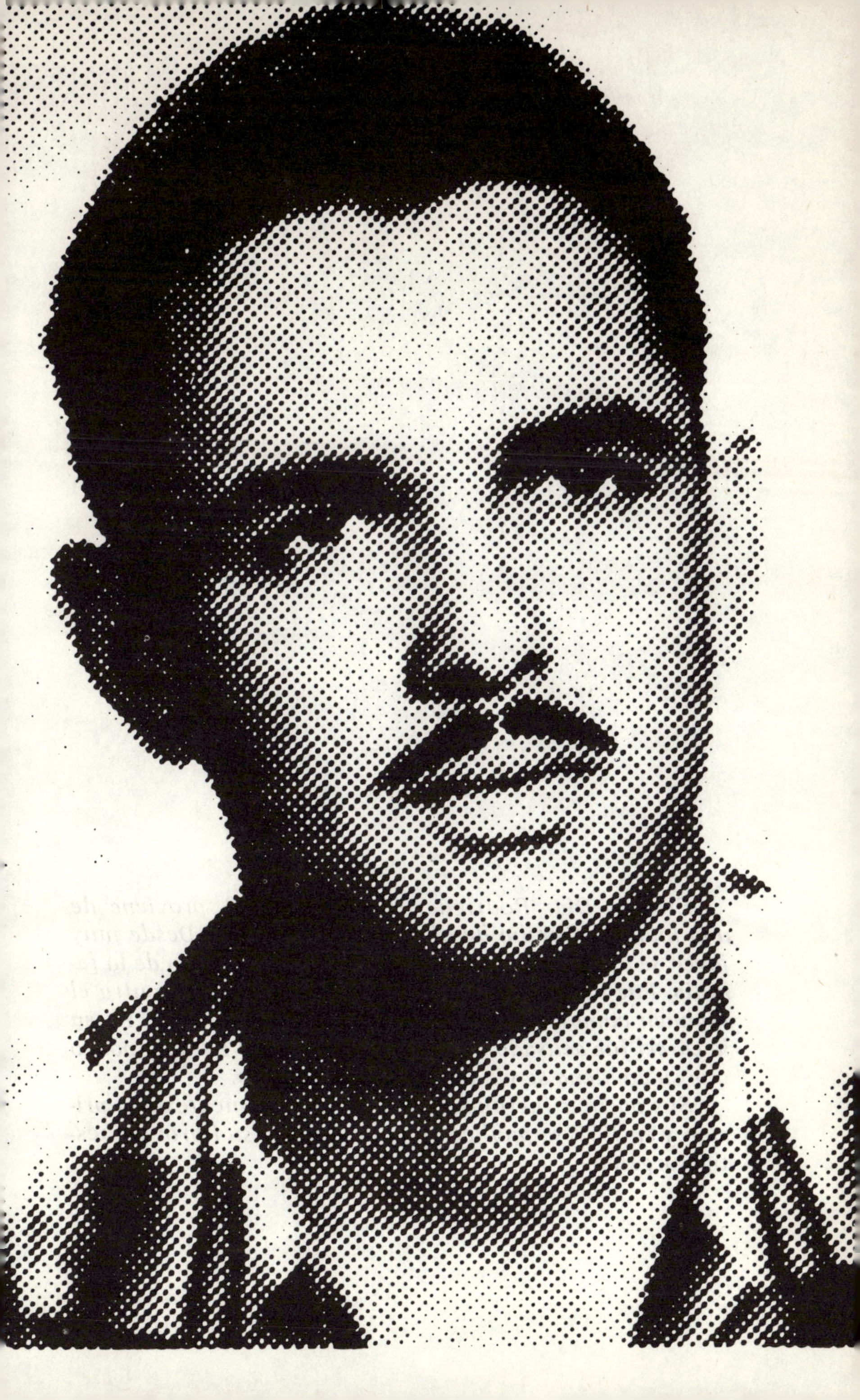

Ernesto Díaz Rodríguez (Cojimar, 1939), proviene de una humilde familia de obreros y pescadores. Desde muy joven se dedicó a la pesca para ayudar al sustento de la familia. Fue detenido en 1968 por sus actividades contra el régimen cubano y condenado a 15 años de prisión. Ya en la cárcel fue acusado de conspirar contra el Estado, por lo que su condena se vio aumentada a 40 años.

Sus poemas fueron sacados clandestinamente de la prisión y en 1977 se publicó en el extranjero su libro: Un testigo urgente.

ERES PARTE DE MI

(A la galera núm. 7 de la prisión de La Cabaña.)

Porque no miro del cielo
la densa oscuridad
que hay entre dos estrellas,
no he de mirar de ti
las grietas
por donde filtra el agua sucia
que cae sobre mi lecho,
ni tus viejos muros impregnados
de cosas tristes...
tan tristes como yo.
Porque me dueles
como carne desgarrada sobre hueso roto
eres parte de mí.
Amo tu redondo y apacible vientre,
porque me hace recordar
el seno
        donde mi madre me hizo niño
        para que tú me hicieras hombre.
¡Ay de la tristeza de tus lugares íntimos!
—¿Quién no se ha ocultado alguna vez
en el rincón oscuro
para dejar escapar una lágrima negra?

TODO PARECE UN JUEGO

El magro otoño
va desgranando tenuemente
el último ropaje del bosque.
Los monos, las ardillas y
los tontos
           beben el agrio vino
           de las nueces.
El cielo se ha convertido
en músculo de acero
y va filtrando sangre
sobre los mudos elefantes de occidente.
Todo parece un juego
cuando cabalgan sobre halcones
de plata
           las algas violetas
           y los peces... Todo
parece un juego. Pero,
casi rozándonos los dedos
la tierra se relame su garganta
bajo las ramificaciones de los muertos.

DEJAME AQUI, JUNTO A LOS HUERFANOS

(Al traidor, Fidel Castro)

... No quiero ver la inmensidad
de tu universo: déjame aquí
junto a los huérfanos.
Para seguir latiendo entre
estas pocas pulgadas de piedras
y de musgos
me basta con la luz
que hay en mi pecho,
la sal diaria de los náufragos
y la oportuna diestra.
¿O es que tú tienes
acaso
        algo mejor
        en ese mundo tuyo
de abrumadoras multitudes,
cifras,
cálculos
        y la ensayada sonrisa
        a flor de labios?

LA POESIA

(A Tony Cuesta, amigo)

Entre las hojas
que el viento roba al árbol
está la poesía.
El mágico detonador
hace que el verso brote
de las piedras
      en los días de lluvia pertinaz
      o en el silencio de la noche.
Está en la nieve, en el lodo,
    en el polvo del camino
      en el placer y las penas
        en la sangre.
Está en la luz del alba
y en el rincón oscuro de mi celda;
en el ocaso de una tarde triste,
en las cosas triviales y profanas.
Como savia que corre por mis venas
junto a mi dolor. Allí,
oculta bajo la albura de mis nervios
y en la espiral de mis sentidos,
está la poesía.

UN NUEVO POEMA

(A Eddy Carrera
Vallina, amigo.)

Esta espera constante,
ilimitada,
amarga,
       va llenando de angustia
       mi cabeza
que se reduce a un punto negro
en este mar de huérfanos.
Pero en las noches largas
cuando el silencio me provoca,
mi alma de gigante se rebela,
crece,
estalla
       y escribo un nuevo poema
       en mi cuaderno.

RESIGNACION

Aquí todo nos llega
en el momento más inesperado:
Ayer, el ebrio soplo del otoño
me trajo a la ventana
la hoja
        que mi mano no alcanzaba.
¿Quién no conoce entre nosotros
el valor relativo de las cosas?
No tuve necesidad
de preguntar a nadie
cómo se aprende este artificio
de vivir intensamente cada instante.
En este carrusel
donde todos los ecos refulgen
con los mismos matices,
aprendí a contar los días
de semana en semana.
Nadie me dijo
de qué forma debía repartir
el amor
        en estas circunstancias;
pero yo —por instinto—,
hice doce breves manojos de nostalgia
para cubrir el año.

EQUIDISTANTES

(A Reinaldo Abreu, hermano.)

Pasa un año más
y el tiempo nos golpea las sienes
hasta embotarnos de nostalgia;
un año más
que acaso
        sólo nos deje el recuerdo
        de un instante.
Porque todos los días se repiten
con minutos exactos,
con segundos exactos,
con exactos minutos y segundos.
Porque vivimos en la punta
de un cuerno de acero y sangre,
con los testículos apretujándonos
la garganta.
—¡Y hay que seguir viviendo!—,
cada día nos alejamos un poco,
nos volvemos un tanto indiferentes
con las cosas
que ayer nos desgarraban el pecho,
sin ser buenos ni malos.

ANGUSTIA

¡Qué duro es este oficio
de ser padre y no serlo!
Tener un hijo
y no sentir sus pies de primavera
rozándonos el pecho
cuando la aurora raja el horizonte...
¿Puede haber algo
más gris en este mundo?

¡Qué duro es este oficio
de vivir
 indefinidamente
  aguardando un instante!
¿Quién no conoce
la infinita distancia de un segundo,
si ha sido niño alguna vez?

¡Qué duro es este oficio
de estar cerca y distante!
Esa manito mustia
cansada ya de otear
en el vacío
y esperar... y esperar.
¿Florecerá algún día?

¡Qué duro es este oficio
de quererte, hijo mío
y tener que abrazarte
en un poema...
 y nada más!

Octubre 4 de 1976
(Aniversario de Ernestico)

APOLO - SOYUZ

*(A Gerald Ford y
Leonid I. Brezhnev.)*

Los que sólo conocen el calzado
que va creciendo con los huesos
nada suelen pedir para sus pies.
Tampoco piden lujos
los que visten de harapos en el mundo.
                              Esos
que no conocen de Soyuz-Apolo
(ni de cenas).
                Piden para su hijos
                un pedazo de pan.
¿Pudieran mitigar
un poco el hambre de la humanidad
aquellos que se elevan hasta el cosmos
para que los ojos famélicos
de los miserables
no perturben su abrazo estatal?

DESPUES DE HABER VIVIDO

(A Rolando Cubelas, amigo.)

Después de haber vivido
los mejores años de mis días
en esta cripta
bendecida con lágrimas,
siento en los charcos de mis venas
manantiales de sangre renovada.
Es la idea precisa,
fija,
        el pensamiento oportuno
        que en las noches
va recorriendo los hilos de mi almohada.
Es el amor que trae consigo
el apacible sorbo de té
que llega
        desde cualquier Wilaya.
La diestra mano del amigo
siempre obsequiosa y fiel.
Son todas esas cosas
que nos hacen vibrar
y nos deslumbran
como si nuestro mundo fuera
la arteria de un diamante.

GOLPE A GOLPE

Hilando golpe a golpe
gotas de silencio
voy escribiendo versos en la sombra.
Esta noche romperé con mis dedos
las piedras
que me ocultan del mundo.
Mis brazos cruzarán la penumbra
en busca del amigo indiferente.
Mañana...
no sé si pueda hacer lo mismo.
Tal vez cave una tumba
con mis uñas
para enterrar mis versos
junto a la mano que me olvida.

TODO SE VA PERDIENDO

Ya el tiempo
abrió las fibras de sus músculos
para morder tus carnes
y tus huesos.
Entre las ruinas de mi mente
voy buscando
tu rostro fugitivo.
Como manos que se aferran
a una partícula de polvo
tus grandes ojos
se han aferrado a mí.
He buscado tu imagen
entre los brazos de la hiedra
y en cada llanto
de la nube morena.
Rasgué mi cuerpo y ya no tengo
tu sangre entre mis venas
ni tu piel en mi piel.
   (No te puedo encontrar,
    la bruma disipó tu recuerdo).
Tus dos negras pupilas
se perderán también en la distancia.

AYER TUVE MIEDO

Ayer...
        estuve debajo del naranjo
donde solías hablarme
sin apartar tus labios
de los míos.
Ayer...
        mezclados con la savia
de la rama tatuada
seguían abrazados
nuestros nombres.
Ayer...
        busqué tus ojos
entre las hojas vivas
y tus negros cabellos
entre las hojas muertas
Ayer...
        me dormí bajo la sombra
del árbol fiel
pensando en nuestros días
de estudiantes.
Ayer...
        miré mis dedos arrugados
y tuve miedo de preguntarles
si aún
serían capaces de entenderte.

¡REQUISA!

Cuando alguien grita:
⠀⠀⠀⠀¡REQUISA!

no sé por qué carajo doy un salto
y me pongo a temblar.
En dos tercios de segundo
mis manos
registran trece veces cada víscera
buscando algo que no existe...
Como si las nueve lupas de mis uñas
pudieran encontrar
el papel
⠀⠀⠀⠀⠀⠀que está en la pulpa del árbol
⠀⠀⠀⠀⠀⠀que se ríe de mi agitación.
—En la última huelga de hambre
me comí un dedo—.

NOSTALGIA

Hay veces que quisiera
desgarrarme los ojos
para plantar un árbol
en cada cavidad.
De qué pueden servirme
tan tristes y cansados
si en las oscuras ruinas
nada pueden mirar.
A veces me pregunto
si habré nacido muerto
o si seré un espectro
entre la humanidad.

ANTES DEL ULTIMO REMIENDO

(A mi pantalón)

¿Quién como tú
ha velado cada noche mis sueños?
Porque has seguido mis pasos
sobre mis propias huellas
día a día,
he sentido el desgarro
de tu osamenta flácida
en cada centímetro de mi esqueleto.
Perdón te pido
por haberme dejado arrastrar
bajo la nube traicionera
que arrojó la metralla mortal
sobre tu raído cuerpo.
¡Cuánta tristeza sentí
cuando tus carnes se agrietaron
por el impacto del granizo homicida!
Ahora que estoy a punto de perderte
comprendo lo importante
que has sido para mí.
¿Serías capaz de perdonarme
y soportar
un parchecito más
sobre tu lacerada piel amarilla?

INTRANSIGENCIA

Uno se mira en el espejo
y hace un mohín
ante su cara gastada por la sombra,
tratando de burlarse del tiempo.
Las esperanzas que renacen
con el alba,
como la lluvia se nos escapan
por las grietas de la tierra.
Pero seguimos firmes
adelante
con nuestra carga a cuestas,
como las hormigas del bosque
ante las fieras,
buscando el nuevo amanecer.
Porque si el agua sedienta
lame la roca,
la desangra,
          derriba la montaña
          con sus labios de seda.
¿Qué no podremos derribar nosotros
golpeando con el filo de la razón?

LOS NIÑOS

I

No hay nada que llegue
más puro al corazón
que el beso de un niño.

II

Las voces infantiles
que se alejan
después de cada visita
son el epílogo de
tres horas de felicidad.

III

¡Cuánta tristeza encierra
esa manita que se agita
más allá de la malla
para dejarnos el recuerdo
de su adiós!

IV

La lágrima que retienen
por pudor
es la que más les hiere la pupila.

V

Sólo los ciegos de alma
no alcanzan a ver
la luz que irradian los niños.

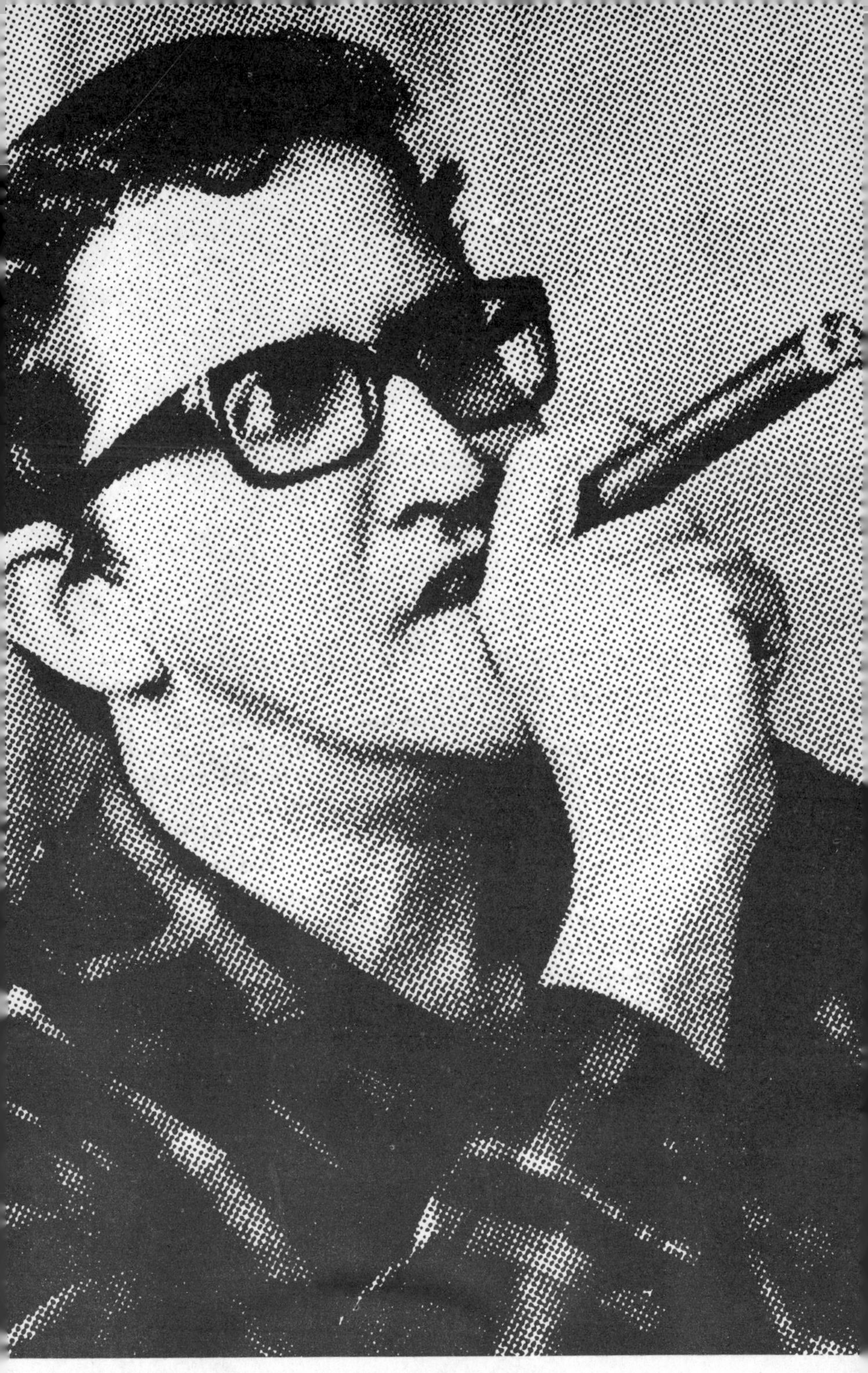

Heberto Padilla (Pinar del Río, 1932) publicó en 1948 su primer cuaderno de poesía, Las rosas audaces. *En 1962 dio a conocer uno de los libros más importantes de la poesía cubana actual,* El justo tiempo humano, *marcado a veces todavía por la poderosa influencia del grupo Orígenes, pero dejando ver también el aliento que más lo distingue: su íntima visión del hombre ante la historia. Su libro* Fuera del juego, *fue premiado en 1968 por un jurado formado entre otros, por José Lezama Lima y J. M. Cohen. Este libro le causó inmediatas dificultades con el régimen: fue detenido en 1971 por considerarse subversiva la visión crítica del poeta.*

Su posterior confesión y autocrítica forzadas fueron mundialmente denunciadas como intolerables actos de represión totalitaria.

Una vez libre, se ha mantenido al poeta y a su mujer, también poeta, bajo una estrecha vigilancia, quedando reducidas sus actividades a las de un oscuro traductor de textos técnicos.

POETICA

Di la verdad.
Di, al menos, tu verdad.
Y después
deja que cualquier cosa ocurra:
que te rompan la página querida,
que te tumben a pedradas la puerta,
que la gente
se amontone delante de tu cuerpo
como si fueras
un prodigio o un muerto.

DICEN LOS VIEJOS BARDOS

No lo olvides, poeta,
En cualquier sitio y época
en que hagas o en que sufras la Historia,
siempre estará acechándote algún poema peligroso.

LOS POETAS CUBANOS YA NO SUEÑAN

Los poetas cubanos ya no sueñan
(ni siquiera en la noche.)
Van a cerrar la puerta para escribir a solas
cuando cruje, de pronto, la madera; el viento
los empuja al garete;
unas manos los cogen por los hombros,
los voltean,
los ponen frente a frente a otras caras
(hundidas en pantanos, ardiendo en el napalm).
Y el mundo encima de sus bocas fluye
Y está obligado el ojo a ver, a ver, a ver.

EXILIOS

Madre, todo ha cambiado
Hasta el otoño es un soplo ruinoso
que abate el bosquecillo.
Ya nada nos protege contra el agua
y la noche.

Todo ha cambiado ya.
La quemadura del aire entra
en mis ojos y los tuyos,
y aquel niño que oías
correr desde la oscura sala,
ya no ríe.

Ahora todo ha cambiado.
Abre puertas y armarios
para que estalle lejos esa infancia
apaleada en el aire calino;
para que nunca veas el viejo y pedregoso
camino de mis manos,
para que no me sientas deambular
por las calles de este mundo
ni descubras la casa vacía
de hojas y de hombres
donde el mismo de ayer sigue
buscando soledades, anhelos.

HISTORIA

—Mañana,
caminarás hacia otras tardes
y todas tus preguntas
fluirán
como el último río del mundo.

—Mañana, sí, mañana...

—Y, antes del alba,
frente a los grandes hornos;
entre los hombres
sudorosos; oirás la canción
con que se amasa el pan.

Conocerás
los muertos muy amados,
hijo mío; la historia
que cubre de polvo
sus bestias, sus errores...

—Mañana, sí, mañana...

En el salón
atardecido, la penumbra
se hunde en el muchacho
que ve las armas, los escudos.
El abuelo
gesticula y predice
como en la eternidad.

IV

Hombre:
en cualquier sitio,
testificando a la hora del sacrificio;
ardiendo,
apaleado por alguien
y amado de los ensueños colectivos;
en todas partes
como un duende joven,
el poeta defiende los signos de tu heredad.
Donde tú caes y sangras
él llega y te levanta.
Concédele
una tabla de salvación
para que flote al menos,
para que puedan resistir sus brazos
temblorosos o torpes.

MIRADAS NUEVAS A TRAVES DE VIEJAS CERRADURAS

Por el ojo de la cerradura otra vez
al ideólogo triste con su lengua de nylón,
la torpeza arrogante del Manual de Marxismo
que resplandece como un misal,
la mirada impaciente de los verdugos
y la flor pequeñísima, áspera
de la alegría de los poemas.

Y después viene lo más difícil:
la estrategia, las tácticas
para entreabrir la puerta.

INSTRUCCIONES PARA INGRESAR
EN UNA NUEVA SOCIEDAD

Lo primero, optimista.
Lo segundo: atildado, comedido, obediente.
(Haber pasado todas las pruebas deportivas.)
y finalmente andar
como lo hace cada miembro:
un paso al frente, y
dos o tres atrás:
pero siempre aplaudiendo.

PARA ESCRIBIR EN EL ALBUM DE UN TIRANO

Protégete de los vacilantes,
porque un día sabrán lo que no quieren.
Protégete de los balbucientes,
de Juan-el-gago, Pedro-el-mudo,
porque descubrirán un día su voz fuerte.
Protégete de los tímidos y los apabullados,
porque un día dejarán de ponerse de pie cuando entres.

NO ME DIGAS

No me digas que hay crímenes más o menos hermosos,
porque no hay crímenes hermosos. No hay grados en el
[crimen
No intentes convencerme de que toda esperanza
tiene que estar un tiempo entre las manos de los ver-
[dugos
¡Quiero un valor para juzgar mi época, aunque grites
que ya una tribu de ancianos tristes
lo inventó para mí! A ti también te inventaron
los mismos viejos: tú y yo somos hijos de la tristeza.

ARTE Y OFICIO
A los censores

Se pasaron la vida diseñando un patíbulo
que recobrase después de cada ejecución
su inocencia perdida.
Y apareció el patíbulo,
diestro como un obrero de avanzada.
Un millón de cabezas cada noche!
Y al otro día más inocente
que un conductor en la estación de trenes,
verdugo y con tareas de poeta.

A JOSE LEZAMA LIMA

Hace algún tiempo,
como un muchacho enfurecido frente a sus manos ata-
[readas
en poner trampas
para que nadie se acercara,
nadie sino el más hondo,
nadie sino el que tiene
un corazón en el pico del aura,
me detuve a la puerta de su casa
para gritar que no,
para advertirle
que la refriega contra usted ya había comenzado.
Usted lo observaba todo.
Imagino que no dejaba usted de fumar grandes cigarros,
que continuaba usted escribiendo
entre los grandes humos.
¿Y qué pude hacer yo,
si en su casa de vidrio de colores
hasta el cielo de Cuba lo apoyaba?

ESCRITO EN AMERICA

Amalo,
es el herido, el que redacta tus proclamas,
el que esperan que llegue a cada huelga,
el que ahora mismo, tal vez, estén sacando de su casa,
a culatazos, a bofetadas,
el que andan siempre buscando en todas partes
como un canalla.

FUERA DEL JUEGO

A Yannis Ritzos, en una cárcel de Grecia

Al poeta, despídanlo!
Ese no tiene aquí nada que hacer.
No entra en el juego.
No se entusiasma.
No pone claro su mensaje.
No repara siquiera en los milagros.
Se pasa el día entero cavilando.
Encuentra siempre algo que objetar.

A ese tipo, despídanlo!
Echen a un lado al aguafiestas,
a ese malhumorado
del verano,
con gafas negras
bajo el sol que nace.
Siempre
le sedujeron las andanzas
y las bellas catástrofes
del tiempo sin Historia
Es
   incluso
      anticuado.
Sólo le gusta el viejo Armstrong.
Tararea, a lo sumo,
una canción de Pete Seeger.

Canta,
       entre dientes,
              «La Guantanamera».
Pero no hay
quien le haga abrir la boca,
pero no hay
quien le haga sonreír
cada vez que comienza el espectáculo
y brincan
los payasos por la escena;
cuando las cacatúas
confunden el amor con el terror
y está crujiendo el escenario
y truenan los metales
y los cueros
y todo el mundo salta,
se inclina,
retrocede,
sonríe,
abre la boca
       «pues sí
    claro que sí,
        por supuesto que sí...»
Y bailan todos bien,
bailan bonito,
como les piden que sea el baile.
A este tipo, ¡despídanlo!
Ese no tiene aquí nada que hacer.

EN TIEMPOS DIFICILES

A aquel hombre le pidieron su tiempo
para que lo juntara al tiempo de la Historia.
Le pidieron las manos,
porque para una época difícil
nada hay mejor que un par de buenas manos.
Le pidieron los ojos
que alguna vez tuvieron lágrimas
para que contemplara el lado claro
(especialmente el lado claro de la vida)
porque para el horror basta un ojo de asombro.

Le pidieron sus labios
resecos y cuarteados, para afirmar,
para erigir, con cada afirmación, un sueño
(el-alto-sueño);
le pidieron las piernas,
duras y nudosas
(sus viejas piernas andariegas),
porque en tiempos difíciles
¿algo hay mejor que un par de piernas
Le pidieron el bosque que lo nutrió de niño,
con su árbol obediente.
Le pidieron el pecho, el corazón, los hombros.
Le dijeron
que eso era estrictamente necesario.
Le explicaron después

que toda esta donación resultaría inútil
sin entregar la lengua,
porque en tiempos difíciles
nada es tan útil para atajar el odio o la mentira.
Y, finalmente, le rogaron
que, por favor, echase a andar,
porque en tiempos difíciles
ésta es, sin duda, la prueba decisiva.

A GALILEO

Hemos llenado nuestros libros
de cárceles horrendas donde han sufrido héroes;
cárceles lindísimas después en los poemas,
sobre todo si el héroe sobrevive
o muere brutalmente golpeado
o lo fusilan contra un muro
y lo meten de pronto en la Elegía.
Los grandes poetas hablaron siempre
las jergas de la cárcel.
Los mejores poemas siempre han nacido
bajo la antorcha de los carceleros.
No hay verdadera historia
que no tenga como fondo una cárcel.

A RATOS ESOS MALOS PENSAMIENTOS

Si Maiacovski era
la gran poesía revolucionaria de nuestra época
y en medio de su Revolución
coge un revólver y se pega un tiro, ¿quiere decir
que toda poesía tiene que armarse para una hora
decisiva, tiene que hacerse extensión, comentario
feroz de algún suicidio?

—No, no; por supuesto que no.

Si Bertolt Brecht, que viene a reemplazarlo,
exige que le den un pasaporte austríaco
y distribuye sus papeles inéditos
en microfilm por varias capitales, ¿quiere decir
que toda convicción también se nutre de cautelas,
que un pasaporte del país de tu amor no es suficiente,
ni un banco liberado es bastante garantía
para guardar los textos de la Revolución?

—No, no; por supuesto que no.

A veces uno tiene estos malos pensamientos.
Pero, ¿qué pasa en realidad?
Los maestros se suicidan o se hacen cautelosos,
nos obligan a leer entre líneas,
se vuelven listos en su pasión.
Y uno tiene los más negros presentimientos.
Porque en las tumbas no sólo yacen sus cadáveres,
sino gente cifrada que está a punto de estallar.

Todos los días nos levantamos con el mundo;
pero en las horas menos pensadas hay un montón de tipos
que trabajan contra tu libertad, que agarran
tu poema más sincero y te encausan.

A VECES

A veces es necesario y forzoso
que un hombre muera por un pueblo.
Pero jamás ha de morir todo un pueblo
por un hombre solo.

Esto no lo escribió Heberto Padilla, cubano,
sino Salvador Espriu, catalán.
Lo que pasa es que Padilla lo sabe de memoria,
le gusta repetirlo, le ha puesto música;
ahora lo cantan en coro sus amigos: lo cantan
todo el tiempo igual que Malcolm Lowry
tocando el ukelete.

CANTAN LOS NUEVOS CESARES

Nosotros seguimos construyendo el Imperio.
Es difícil construir un imperio
cuando se anhela toda la inocencia del mundo.
Pero da gusto construirlo
con esta lealtad
y esta unidad política
con que lo estamos construyendo nosotros.
Hemos abierto casas para los dictadores
y para sus ministros,
avenidas
en la noche de las celebraciones,
establos para las bestias de carga, y promulgamos
leyes más espontáneas
que verdugos,
y ya hasta nos conmueve ese sonido
que hace la campanilla de la puerta donde vino a insta-
[larse
el prestamista.
Todavía lo estamos construyendo.
Con su obispo y su puta y por supuesto muchos policías.

LAS GRANDES OCASIONES
(A Mauricio Wacquez)

Al fin somos contemporáneos
de los países importantes, en peligro, bloqueados,
los que cuentan realmente. Todas
las bombas del siglo destruyendo a más de medio mundo,
de pronto amenazado con hacer estallar
los techos brillantes de la Isla.

Si ahora me preguntaran: «el enemigo ha abierto
una cabeza de playa en nuestras costas, ¿cuál sería,
poeta, la perfecta estrategia para convertirlos
en polvo?», yo sabría responder
con toda exactitud, del mismo modo en que un inglés
se indigna: frunciendo el ceño, sin alteración.

Hasta la geografía se ha transformado en nuestras calles.
El parque Gorki de Moscú comienza en una esquina de
[Neptuno.
En Zanja y Galiano termina la avenida de la Paz de
[Pekín.
Del bosque de La Habana salen tropas furiosas de con-
[goleses.
Por la Rampa se pasean los reyes sin corona
escoltados por tristes, inútiles leones, y los niños
cubanos se menean de noche como flores de Zambia.
Pero yo no he venido para hacer el recuento de esos
[milagros.
Yo estoy vistiéndome para entrar en la Historia.

No de gala. No hay galas
en el trópico ni siquiera para estas grandes ceremonias.
Debo aprender a comportarme (eso sí)
a decir *buenos días, buenas tardes, buenas noches*,
en dos o tres idiomas por lo menos, debo abandonar
cuanto antes este apartamentico donde apenas cabemos,
dejarme la melena, arrancarme mi aspecto primitivo y
[huraño.
Muy pronto llegará la ralea de periodistas y de fotó-
[grafos.
¿Habrá que hacer discursos para estas ocasiones?

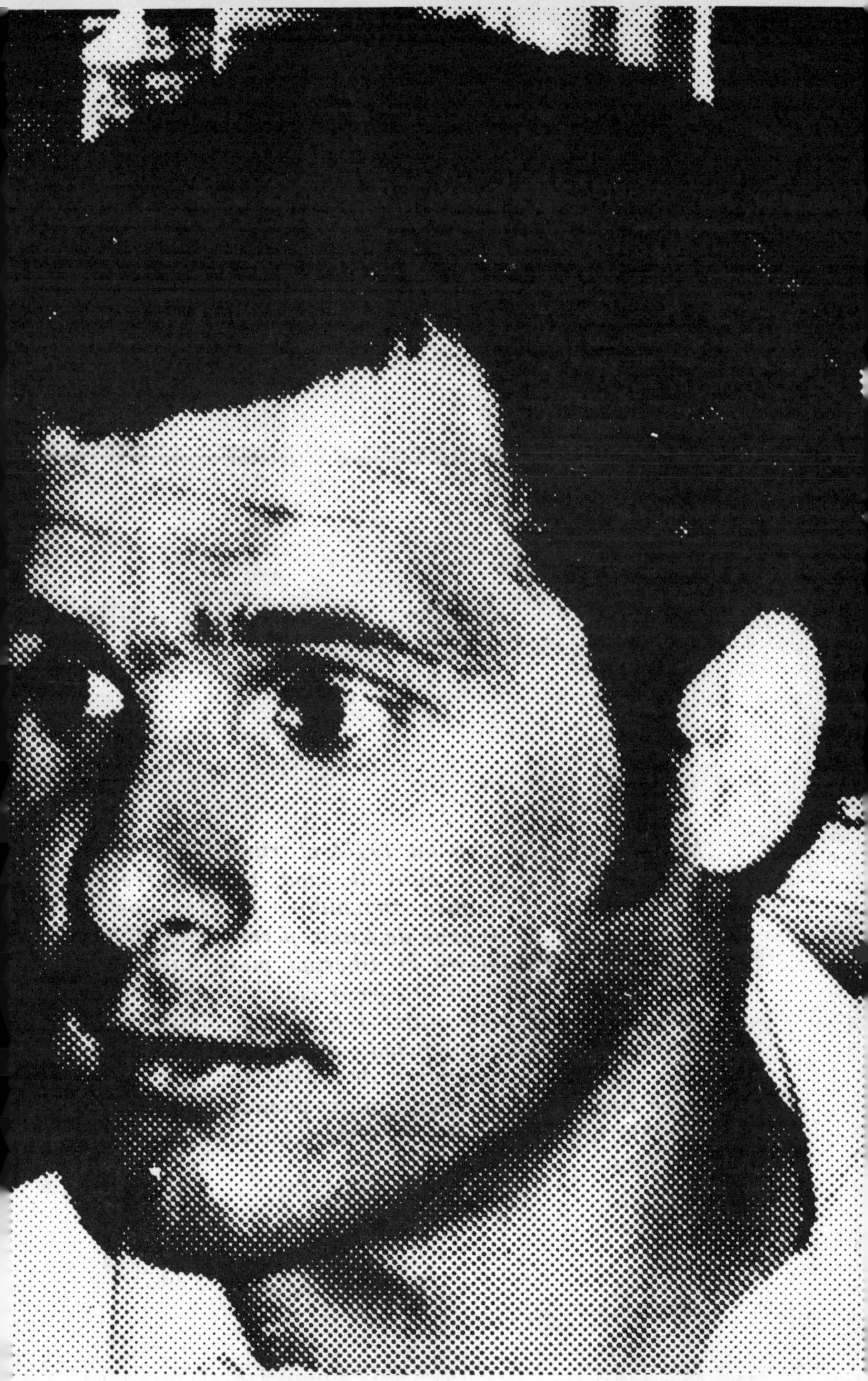

Miguel Sales (La Habana, 1951), al triunfo de la revolución (1959) tenía ocho años de edad. En la cárcel se ha hecho poeta y hombre. Detenido a los 16 años de edad por tratar de escapar de Cuba, permaneció en prisión hasta los 21. Puesto en libertad pudo huir de la isla en un pequeño bote. Regresó clandestinamente en 1975 para recoger a su mujer y a su hijo, detenido de nuevo, esta vez fue sentenciado a 25 años de prisión.

Sacados clandestinamente de Cuba, sus poemas se agrupan bajo los siguientes títulos: **Poemas previos, Tario, 15 Alotropías para una soledad, Celular** *y* **Tema con variaciones.**

CANCION DE LAS HORMIGAS

    Vivimos en un mundo esférico
perfecto
        Gracias a Dios!
    Nuestra vida se desliza sobre
lubricados artilugios
cuidadosamente planificados en ciertas oficinas
Huxley es un niño de teta
frente a nuestros jóvenes que llevan pancartas
laudatorias al régimen

Vivimos en un mundo de minuciosa esfericidad
retocado con burocrático esmero periodístico
con obreros sin huelga
que comen con meridiana simetría
alimentos similares
los niños se cuidan por racimos
igual que se producen
y no tenemos conflictos generacionales
pues los viejos han comprendido
que ser obedientes es lo menos malo.

    Vivimos en un mundo asombrosamente esférico
tácita salvedad previa
de eternos descontentos perennes inconformes
que no representan mayor problema
porque jamás tienen la razón
    (la verdad es para uso exclusivo de la casa
    aun en sus formas alotrópicas

de Verdad Parcial, Verdadrelativa
   o visos de certeza)
y así, a Dios Gracias!,
pueden ser borrados sin ulteriores complicaciones de con-
                                           [ciencia
de este nuestro mundo esférico, perfecto,
tan feliz, sin paros ni dramas pasionales,
ni explotación
casi sin enfermedades
con un vida organizada medida cronometrada parcelada
                                           [y repartida
por generosos espíritus
que nos ahorran la terrible tarea
de disponer de nuestro tiempo.
   Vivimos, Gracias a Dios!, en un mundo esférico.
   Vivimos
      Vivimos?

ISLA

Ni una sola gota de sangre milenaria y ubérrima
vertí en tu suelo áspero
                                              Isla de Pinos
Yo te conocí en ojos ajenos, en esos recuerdos
donde a veces te alegraban con voz grave
                                              Isla de Sangres
Alzase empero tu raíz de anhelos
en el fondo mejor de mis dos nadas
                                              Isla de Versos
El acoso de la bayoneta ni el sucio
sudor de tus canteras conocí
                                              Isla de Muertos
Mas, ¡cómo me dueles
                                              I S L A
            desde tu no recuerdo!

RECUENTO

    Alba horadada de cerrojos y botas
patio de apenas jirones
de sol y premura
baldosas mugrientas
rancho de la siemprehambre
hambre viva
hambre vieja
        Hace hambre eh?
como hace sol o frío
como hace amor
creciéndose entre tanta reja
puesta de repente en tu fantasía
bárbaros paréntesis
            irremesible espera siempre nueva

alcánzame tu pecho hermano
que me sobran miedos para el último recuento
y contigo he de estar
ahí contigo.

CUBA TERRITORIO

Por las calles de mi Vieja Habana
no ha caminado nunca el hombre nuevo

I

Enrique
los aún vivos estamos
hechos un montón de ruinas
enfermos de asco y vanidad
cómo no ibas a morirte, cojones
si eras limpio como tu silencio
erguido y sonriente hasta el dolor
que trepa en una zanja de mierda de la Isla.

No en mis versos a golpes, mis devaneos y subinten-
[ciones
tu nombre
está en el mísero pan de
cada día nuestro por el que reventaste de hambre
en la pelota aquella que nunca perdiste del todo
y el susurro
de los eucaliptos
en tu Escambray.

II

No hubo periódicos para ti
guajiro entrañable
estabas loco decían
tu jarro siempre compartido

y esa manera tuya de llenar un rincón
estabas loco para los derrumbados
con la timidez del rancho viejo
y los cuentos apenas dibujados.

    Eras luz y no supimos sino ver a través
eras amor y nos empeñábamos
en romper nuestras aristas
eras amor
estabas loco.

III

    Hay que seguir tratando
matar el gallo de nuevo
echarte a la espalda y volver al cine con la misma cara
                                        [dominical
teclear haciéndonos los convencidos
de la inminencia de todos los sueños
discurrir fatuos hasta que otro
sábado nos vuelva al cuerpo
el exacto margen de vacío
el vómito indeleble del recuerdo
qué importan lugarcomunes mocos ni trascendencia
angustia vivir o buen café
ve de luz hermano y de silencio
un instante florezca la Patria por ti.

[*A la memoria de Enrique García Cuevas, muerto en huelga de hambre, en la ciudad de Santa Clara.*]
        Verano de 1973.

CELULAR

Urdidor de palabras y asaeteado viento,
di: qué harás más tarde con tus solos huesos?
—El pan
nuestro
de cada día
en silencio
lúcido
correoso
difuso a la luz todas las albas
siempre escaso
viejo
acicate
vida
el día
nuestro
de cada pan.

AL CADAVER MATABLE DE PEDRO LUIS BOITEL

Por fin mataron tus 96 libras
de puro hueso y corazón
tu íntegra estatura de silencio.

Han lapidado ya tu sonrisa invicta
peligrosísima.

De hambre cimentaron tus párpados.

Ya ahogaron tu nombrefábula.

¡QUE DESCANSEN EN PAZ TUS ASESINOS!

SATORI

Al azar
menos que frase
rompiendo el cielo sobre la memoria
no guardada
cual si una lágrima
grande me recorriese
y cuajara fría
justo en el ombligo
su escoria, su irisdicencia
caleidoscópicas
como si de repente
me asaltara
una tarde lluviosa
desde cualesquiera ojos
de un punto incartesiano
no explicable
evaporándose tenazmente
sobre mis fosfatos trashumantes
devenir un tanto
árbol de vidrio
al presentirte
menos que frase
cual si una lágrima.

EXILIO

a María Elena.

*...tu recuerdo es como una libélula que pasa
desorientadamente bajo mi atardecer.*

R. Martínez Villena.

Hablar de orientación es a menudo
desprenderse del aroma de todos, ausentarse
de la sonrisa, caber justo en el palmo
de tierra que inaugura la lluvia
dejar por un instante los trapos zodiacales
las coartadas del humo
y los compases
(es tan difícil situar el norte cuando
   andamos patas arriba)
quedarme solo
exprimiendo los grandes vocablos
(los rumbos torcidos de huracanes
   parecen burlarse)
balbucear como un imbécil
o llamar dando voces
ensayar la bípeda manera hacia
uno mismo
asumir, en fin, completamente
este tiempo
hermoso y áspero
que nos ha tocado en suerte.

AMOR EN TRES TIEMPOS

TIEMPO AZUL
TARDE NUESTRA

La presencia plena de cada instante
fue dicha tenue, tarde mejor
en el disfrute febriscitante
de tu más sincero beso de amor.

Tu cuerpo cálido que en palpitante
éxtasis me embriagó de tu calor
fue la sepultura tierna, ignorante,
donde reposó mi ancestral dolor.

Amor, me sobraban para quererte
unas espectrales sombras de muerte
que nublaban mi alma y mi poesía
pero ahora a tu lado, todo olvidado,
bórranse las tristezas del pasado
en las altas cumbres de tu alegría.

TU

El viento corre apresuradamente
por llegar a quién sabe donde
la música de la tarde cae en mi alma lentamente.

Te traduces en un brillo húmedo en la mirada
en una mirada temblorosa de las manos
en un temblor de los labios brillantes
en una sonrisa prófuga
en la palabra más dulce.

TU ROSTRO TRISTE SE ESFUMA

Tu rostro triste se esfuma
en el cristal de pálida bruma
del atardecer.

    Tarde otoñal pura y fría
tiene mi melancolía
nombre de mujer.

    Es que fue mía
una mañana
hoy ya lejana
esa alegría?

Momento sin fecha, sitio sin lugar
o imagen fugaz de un instante tan pequeño
que todo lo vivido se desvanece en un ensueño
dejando enormes ansias de volver a soñar.

    Como un hilo de música en la brisa
llega el eco ausente de tu voz
y me toca los huesos cansados la sonrisa
que sacaste del alma para decirme adiós.

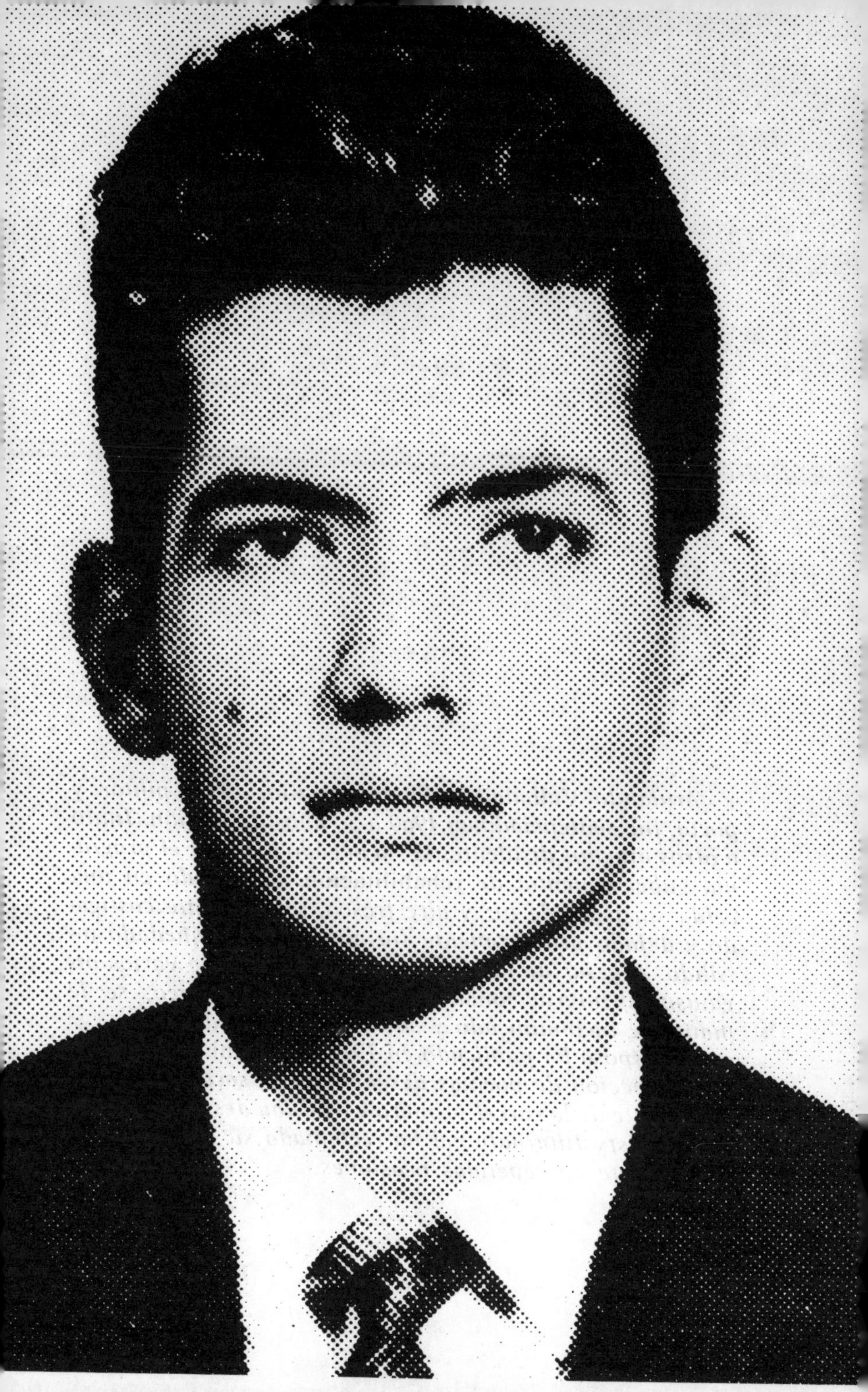

Armando Valladares (Pinar del Río, 1937) pintor y poeta, fue sentenciado en 1960 a 30 años de prisión. Junto a otros muchos disidentes se ha negado a acatar el programa gubernamental de rehabilitación. *Confinado en una celda sin nada de luz y aire fresco, severamente castigado y dejado prácticamente sin alimentos ha quedado inválido. A pesar de las protestas en su favor de varios organismos internacionales, Valladares, paralítico, se le mantiene incomunicado y sin asistencia médica.*

Su esposa ha publicado en 1976 Desde mi silla de ruedas, *colección de poemas desgarradores, sacados subrepticiamente de la cárcel primero y de Cuba después.*

Amnesty International ha reclamado su excarcelación inútilmente en repetidas ocasiones.

LE CRECERAN UN DIA ALAS...

Le crecerán alas algún día
a mi silla de ruedas
podré volar sobre los parques
alfombrados de niños y violetas.

Será mi silla un sueño alado
sin la obsesión enajenante de las rejas
y podré escalar el arco iris
y descender por la montaña quieta.

Será mi silla un sueño sin pupila
una golondrina metálica sin tierra.

«CARCEL DE BONIATO:
RELATO DE UNA MASACRE»

I

Es el año del Primer Congreso Comunista
el partido y los organismos de masas
se preparan para este magno evento.
Es Septiembre y el día sigue azul e indiferente.
Cuba es una Isla
rodeada de comunistas por todas partes.
En Oriente está
el Centro de Exterminio y Experimentación
                  [Biológica de la Cárcel de Boniato:
no se experimenta con conejos
se tortura y experimenta con hombres
no con cualquier hombre
se experimenta con los presos políticos.

II

Un pasillo largo
gris
con cuarenta puertas de terror
con planchas soldadas de acero
con candados rusos enormes.
Adentro la noche comunista
                  [eterna
en dos metros de angustia de largo

por uno de tortura
no se ve jamás la luz del Sol
                    [ni artificial
porque otra plancha
cierra a las miradas
lo que fuera ventana.
El aire está racionado también
no hay baño
no hay agua corriente.
En un rincón como letrina
al nivel del suelo un agujero
no hay papel sanitario
                    [ni otra cosa
hay que limpiarse con los dedos
                    [o no hacerlo.
A veces la diarrea tibia
corre a lo largo de los muslos flacos
se acumulan los excrementos
y sobre ellos una capa palpitante
                    [de gusanos.
La celda está desnuda
ni un mueble
ni un objeto
se duerme en el suelo.
Un grupo de presos políticos hace siete años
es allí brutalmente torturado
no puede verlos nadie
sus familiares nunca.
Con un mañana sin mañana.
No salen jamás de aquellas gavetas
no hay ropas de abrigo
desnudos
cadavéricos y hambrientos.

Víctimas de las torturas
murieron:
>   Esteban Ramos Kessel
>   Ibrahím Torres Martínez
>   y José Ramón Castillo...

y el cielo siguió azul e indiferente.

III

Todo está con rigor científico organizado
sólo carbohidratos hervidos
y pesados con cuidado
novecientas calorías y hasta menos
el hambre que saca los huesos
más allá de la piel
la ausencia de proteínas y vitaminas
va hinchando como sapos
se inflaman las piernas
los testículos y abdomen
sin asistencia médica...
Un día nos visitó un capitán de la Policía Política
limpio
elegante
marcial y frío
nos explicó con sencillez y cortesía
que el objetivo
del Ministerio del Interior
era convertirnos en guiñapos físicos... aniquilarnos...
se inclinó gentil y se marchó.
Pronto se celebrará el Primer Congreso
del Partido Comunista de Cuba
la guarnición de la Cárcel de Boniato
se prepara también para este magno evento.

IV

Los cuerpos están cubiertos de costras resecas y rojizas
como si no alcanzara la piel para cubrirlos
las bocas sangrantes se agrietan
se cae el pelo
y hay gritos de angustia
y pesadillas
y terror que aniquila y enajena
y depresiones y delirios.
A veces llenaban el pasillo
de aquellas tumbas nuestras
listos para golpearnos
y éramos amenazados
y no entraban
y se reían de nuestro terror
y volvían y metían la llave en el candado ruso
y no entraban
y volvían otra vez
y entraban entonces
y nos pateaban
y así, lentamente
con esmero comunista
los cuerpos y los nervios eran destrozados
y así lo están haciendo todavía...

V

Es Septiembre y pronto se celebrará
el Primer Congreso del Partido Comunista
y habrá una Constitución flamante
llena de «*respeto*» por la vida humana...
Cuba es una Isla
rodeada de comunistas
no lo olviden.

En la cárcel política de Boniato
hay un Centro de Exterminio y Experimentación Bioló-
[gica.
Llegan los sicólogos del Departamento de Evaluación
[Penal
y médicos rusos
con sus interrogatorios agobiantes.
Les interesa saber
a qué hora nos sentimos mejor
o peor
si pensamos en nuestra familia
y qué soñamos
si hemos perdido la memoria,
nos palpan los cuerpos
o extraen sangre para sus experimentos.

VI

Laureano tiene la dentadura destrozada
como todos
las encías inflamadas
rojas sangrantes
la boca quemante de llagas
y la tortura dentro de la tortura
una muela
un cascarón casi
le enloquece con su dolor podrido
negro y fétido.
Son inútiles las peticiones
de asistencia dental o médica
una aspirina es tan imposible
como ver la luz del Sol
está prohibido a bayonetas.

Laureano está enloquecido
con una cuchara y un clavo enmohecido
se arrancó él mismo la muela torturante.
Pasaron horas lentas
y el humor invadió su rostro
se gritó pidiendo auxilio médico
gritaron de otros pabellones
retumbaron las voces
en el pasillo gris y largo
llegaron oficiales de la Policía Política
se les habló,
pero también inútil...
se marcharon dejando una estela de amenazas.

VII

Amaneció en Septiembre con un cielo azul e indiferente
Laureano estaba grave
se golpearon con los puños y cucharas
las puertas del silencio.
Los comunistas llegaron como enjambre
el teniente Raúl Pérez de la Rosa los mandaba.
Primero ametrallaron a los presos del Pabellón D
que no estaban tapiados
le estallaron el pecho a tiros a unos cuantos
y les lanzaron tres granadas.
Después pasaron al pasillo gris y largo
con las puertas metálicas.
Fueron sacados los presos uno a uno
empujados hasta el fondo
a culatazos y patadas
como bestias golpeados
la sangre salpicaba las paredes
abrían las cabezas en tajadas...

Retrocedieron un poco los soldados
y alzaron los fusiles
y dispararon a mansalva
y repiqueteó y chirrió la muerte
en el pasillo gris y rojo
y el cielo siguió azul e indiferente.

VIII

Gerardo era un preso político cubano
predicador de Biblia y esperanzas
siempre tenía un pedazo de cielo entre las manos
y en los ojos un poco de Sol
le decíamos *Hermano de la Fe*
porque la daba.
Levantó los brazos al invisible cielo indiferente
¡Perdónalos, Señor, no saben lo que hacen!
y el teniente Pérez de la Rosa
vació el cargador de su fusil soviético
en el cuerpo famélico
saltaban del cañón llamaradas naranja
y del pecho desnudo y arrasado
saltaban alegres surtidores de sangre.
Enrique se inclinó para ayudarlo
y cayó sobre él acribillado
nueve chorros de fuego le atravesaron de parte a parte
siguieron disparando con placer
y cayeron muchos
el humo y la pólvora
giraban en nubes blancas
entre gritos y muerte
Sólo faltan tres meses
para el Primer Congreso
del Partido Comunista de Cuba.

La guarnición de Boniato
saluda este magno evento
con banderas rojas de sangre torturada.

IX

En el suelo más de veinte tumbados a tiros
se revuelcan entre charcos rojos
de vida que escapa.
Los comunistas enloquecen de gozo
y en los espasmos de aquella orgía
convulsos de odio
machacan los cráneos
rematan a patadas
patean las cabezas
agarrando por el cañón las armas:
a Evelio Hernández se lo hicieron.
A cabillazos y palos
rompieron clavículas
los brazos
las costillas
atravesaron las nalgas y los muslos
las vejigas
a bayonetazos.
Desgarraron testículos:
A Roberto Martín Pérez se lo hicieron
los inválidos fueron arrancados
de sus sillas de ruedas
y arrastrados por las piernas
las cabezas iban golpeando ensangrentadas
los escalones:
a Liuva del Toro y a Pascasio se lo hicieron.

X

Desnudos como siempre
a golpes y patadas los bajaron
otros rodaron por las escaleras
la sangre descendía gota a gota
escalón a escalón
sangre cansada y sudorosa...
Después sacaron a los presos del Pabellón D
abajo volvieron a golpearlos
enfermos y famélicos
inválidos y ancianos
a cielo abierto por primera vez
en muchos años
que ahora estaba oscuro y agresivo
y comenzó a rugir con lluvia
y soplaba un viento frío y lacerante.
Los muertos y los heridos
los bajaron como les dio la gana
para eso tienen el poder y bayonetas
y el apoyo de la ONU y las palabras
y van a celebrar el Primer Congreso del Partido
... ...
Los tiraron bajo la lluvia
bajo la lluvia se lavaron las heridas
y se formaron charcas purpurinas
y corrieron arroyuelos de agua-sangre.
Así pasaron horas mientras vaciaban
otro pabellón.
Todo se realizó con organización perfecta
los muertos fueron perfectamente asesinados
los heridos fueron perfectamente heridos

las cabezas fueron perfectamente rotas
lo mismo las clavículas
las costillas y los brazos.

XI

Dos días después
escenificaron una farsa
los comunistas representaron a los presos
atacando a los guardias
sacaron fotos y películas

... ...

Estamos en Cuba en el año del Primer Congreso
y el Partido Comunista y los Organismos de masas
se preparan para este magno evento.
La guarnición de la cárcel de Boniato.
Centro de Exterminio y Experimentación Biológica
presentará un magnífico informe en saludo al Congreso
¡claro! todavía no han cumplido las metas
aún quedan presos políticos allá
y están casi vivos...
y el cielo sigue azul e indiferente.

SOBRE LAS ALAMBRADAS

Sobre las alambradas del patio
el cielo gris
y un fusil automático
               [soviético
luciendo su penacho de bayoneta.
Diez pasos de cemento
y la reja de mi galera.
El Sol rojo
como un amanecer de fusilamiento
como una bandera de sangre:
todos miraban sin palabras.
Dicen mis compañeros
que una nube
se acercaba al Sol
que ya estaba perdiéndose bajo la alambrada
todos se subieron a las rejas
para seguirlo en su ocaso
yo me quedé abajo
como en el fondo de un pozo
clavado en mi silla de ruedas.
No pude ver la nube, ni el Sol
no pude pararme
no pude subir a las rejas
me sentí infinitamente anochecido
con el Sol desplomándose en mis piernas
y la tarde ahogándose en mis ruedas.

EL HABLA DE MIS REJAS

Afuera ruge el viento
sin descanso
se estremecen aullidos
en mis rejas
la noche eterna canta
desolada
una canción de luz
y reflectores
de alambradas perennes
y garitas
con fusiles que rugen
más que el viento.

SITIADA ESPERANZADA

Quieren aplastarme estas bóvedas
y aquellas alambradas
marcan mi carne nuevamente
como si no lo hubieran hecho nunca
como si no supieran que yo
hace años
estrené mi terror de siempre
que ha envejecido y muerto
entre angustias y bayonetas
sin pan y sin mañana
con el hambre en los huesos
con el miedo en la sangre
y la esperanza en un rincón.

Y MIS REJAS FLORECEN

«A mi esposa inolvidable»

Hoy hace quince años
que me rodearon de alambradas,
de bayonetas y cerrojos.
Que me prohibieron
el tiempo y el espacio
la luz
el sol
el aire.
Hace quince años
que los culatazos y patadas
conocen mi cuerpo de memoria
y la escala enajenante
de las torturas síquicas
estremecen cada célula
de mi cerebro.
Hoy
en el rincón más sombrío
de mis quince años de aislamiento
cierro mis ojos
y tengo Sol entonces
y alegría y amor
y mis rejas florecen de ternura
porque te tengo a ti.

Diciembre 27, 1975

UNA URGENCIA VITAL

«A Diana, una amiga leal»

Tengo la urgencia vital
de un parque hermoso
de mapas y gargantas
pájaros con flores delirantes
perfumes y trinos amarillos
sin noches de alambradas y garitas.
Cabe una estrella entera
entre dos rejas
en canto dulce a la vida
y en la palma de mi mano
brotan de luz y ternura
las copas de los pinos sin silueta
negando una sola incertidumbre.
¡Si yo pudiera andar sobre mis pasos!
echar a correr por los caminos
si los caminos se acoplaran
a los eternos rumbos
de mis piernas de viajero breve
en una confusión de caminante
que conduce el universo
con árboles exactos
de estrella a estrella
las manos desbordadas de galaxias.

**Ahora
cuando mi silla de ruedas
me enraiza
y vuelan las palomas
acuden a mí todos los caminos.**

NO ALCANZABA LA VIDA

*«A un hermano inolvidable, a
Pedro Luis Boitel»* *

La vida no te alcanzaba
en aquella celda de torturas
pero sobraban culatazos y patadas
cubos de orines y excrementos
echados al rostro.
No podían perdonarte
los afanes de luz y de palabras
le temían a tu sonrisa
a la elocuencia de tus manos
y a tu manera de hacer silencio
le temían a la fertilidad de tus ideas
le temían a tu vida,
               [Pedro
y te asesinaron...

* «Pedro Luis Boitel, líder estudiantil cubano, muerto en el Castillo del Príncipe, el 25 de mayo de 1972, en una prolongada huelga de hambre, golpeado semi-inválido, pesando sólo 87 libras.»

¡PRESTAME TUS PIERNAS UN INSTANTE!

A ti que estás allá
en un jardín que no fue tuyo
                            [nunca
ven aquí a estas rejas
que atraviesan mi cara
                            [y mis pupilas
de parte a parte.
No te ocultes entre luces tibias
que te duela también
                       [mi dolor
que es tuyo
y mis sombras
y la ración de terror y bayoneta
que yo consumo por tí hace años
para cumplir con mi deber exacto
y con el tuyo.
Ven aquí, o al menos
¡préstame tus piernas un instante!

SITUACION

Ustedes que pueden elegir
el rumbo de sus pasos
que pueden hundir los pies
en las arenas frescas
de las playas del mundo
que no conocen de torturas
de incomunicaciones angustiosas
y alambradas obsesionantes.
Ustedes que pueden lanzar las pupilas
por todos los caminos
por las montañas y los ríos
por los bosques profundos
de mariposas y palomas
sin que paredes grises
detengan las miradas.
Ustedes que pueden correr
con sus hijos o hermanos
vagar a lo largo de alamedas
con amores y amigas
bajo los árboles de siempre.
Ustedes que olvidaron
o no saben
que hay hombres y mujeres
que agonizan
sin hoy y sin mañana
que sólo pueden mirar hacia arriba
un jirón de cielo a veces.

No saben Uds. cuánta envidia
siento por ellos
             [—mis compañeros—
que al menos pueden dar un paso
en el fondo de este pozo
                [de concreto.

PLAN DE TRABAJO FORZADO: ISLA DE PINOS

I

Y llegaron con fusiles
                [de odio
un día gris de bayonetas.
Entraron dando culatazos
abrían como amapolas
                    [las carnes rojas.
Machacaron los cráneos.
A Ernesto* le asesinaron
con bayonetas y a patadas
su cuerpo rodó por el silencio
de su boca ya nada
la sangre hecha pétalos
de rosas oscuras
salía a borbotones inauditos.
La cabeza era un amasijo-grito
de cabellos y huesos pegajosos
le arrastraron por las piernas
bajó las escaleras
                [rítmicamente
cráneo
    [a
    [cráneo

* «Ernesto Díaz Madruga, asesinado en el Edificio 5 de la Prisión de Isla de Pinos, el 9 de agosto de 1964. Fue el primero asesinado del Plan de Trabajos forzados.»

y a patadas volvieron a golpearlo
[a patadas.
Nuestra impotencia les excitaba
pisoteaban la vida y los quejidos.
Se fueron mientras la sangre
[anochecía.
Al amanecer volvieron
cuando las palmas despertaban
el odio reforzado y fresco.
Nos dividieron en cuadrillas
vigilaba con su avidez
[de carne
la alambrada.
Fuimos obligados a subir
—a culatazos siempre—
a los camiones rusos
[que esperaban.
Enfermos
descalzos y agotados:
así comenzó el trabajo esclavo
para los presos políticos cubanos.

II

Más allá de las alambradas
junto a los pinos verdes
[y profundos
desembocaban las aguas
[albañales.
Era una zanja espesa
incapaz de reflejar el cielo
negra de excrementos.

Allí nos empujaban
—a culatazos siempre—
allí nos sumergían
entre borbotones de mierda
y tragábamos hasta la asfixia
el agua viscosa
           [fétida y amarga...
Desde las orillas
nos golpeaban con palos
o apedreaban...
los pinos callaban
           [silenciosos

III

Se desplomaba el Sol
           [y terminaban
doce horas de trabajo obligatorio
con sudor
bayonetas y patadas.
Pasaba el cielo azul
a lo largo de la montaña quieta
sobre una leyenda verde y oro
de pinos y piratas
Isla de Pinos
Siberia de América.
Nuestra sangre abonó los toronjales
por eso algunas toronjas son rosadas.
Los presos políticos cubanos
en una fila de silencio
           [larga.
Soplaba negro el viento
           [de la tarde.

Un cordón de odio comunista
con fusiles y muerte vigilaba.
Voló su sombrero estremecido
el ** Salió dos pasos a buscarlo
cuando un chorro
de balas luminosas
atravesó su espalda.
Se desplomó con el Sol
como si la tierra lo esperara.
Callaron los pájaros sus trinos
su sangre abonó los toronjales
por eso algunas toronjas son rosadas.

IV

Las cienagas se tragaban
                [los pulmones
las fiebres doblaban las rodillas
las manos destrozadas
y el golpe constante
                [o el bayonetazo
en las espaldas.
Nos obligan
—a culatazos siempre—
a desnudarnos y a trabajar así
para que nos devoraran
los mosquitos.
A veces
la sangre tibia
de las heridas
formaba pegotes en el pelo

** «Diosdado Aquit Manrique. Fue asesinado, como relata el autor, en los campos de trabajo, el 17 de diciembre de 1966.»

en los hombros
en los muslos
y los mosquitos
se lanzaban codiciosos
como moscas a la miel.
Allí enloquecieron Alberto,
José Ernesto, Pedro y otros...

V

Cada amanecer salían
las cuadrillas de esclavos
               [cabizbajos:
Yo era uno de ellos
con el mismo terror cotidiano.
Regresar vivo y sin ser golpeados
era el sueño único
que vagaba en todos.
El incesante transcurrir de horas
nos hacía sentir cerca
la salvación del día.
Los minutos dilatados y lentos
caían como gotas de sangre.
Un día más... uno menos...
una tortura concluida
y otra que comenzaba.
Plagas
golpes
piernas destrozadas
por las fauces de los perros.
Abiertas en tajadas rojas
               [las carnes
por las bayonetas
o en flores oscuras por las balas.

El sudor y el cansancio enfermo
y la púrpura viscosidad de miel
de la sangre moribunda.

VI

Nos formaban en filas
—a culatazos siempre—
frente a los potreros
                 [abandonados.
Había que limpiarlos
arrancar las hierbas malas
y los espinos
con las manos desnudas.
Como plaga de langostas
                 [agonizantes
íbamos avanzando
entre golpes y quejidos
las manos sanguinolentas
llenas de fiebre
anochecidas de aliento
agotadas...
exangües...